KB050366

미인

시작시인선 0486 미인

**1판 1쇄 펴낸날** 2023년 10월 13일
**지은이** 서화성
**펴낸이** 이재무
**기획위원** 김춘식, 유성호, 이형권, 임지연, 홍용희
**책임편집** 박예솔
**편집디자인** 민성돈, 김지웅, 정영아
**펴낸곳** (주)천년의시작
**등록번호** 제301-2012-033호
**등록일자** 2006년 1월 10일
**주소** (03132) 서울시 종로구 삼일대로32길 36 운현신화타워 502호
**전화** 02-723-8668
**팩스** 02-723-8630
**블로그** blog.naver.com/poemsijak
**이메일** poemsijak@hanmail.net

ⓒ서화성, 2023, printed in Seoul, Korea

ISBN 978-89-6021-736-2 04810
        978-89-6021-069-1 04810(세트)

**값** 11,000원

*이 책 내용의 전부 또는 일부를 재사용하려면 반드시 저작권자와 (주)천년의시작 양측
  의 동의를 받아야 합니다.
*잘못된 책은 바꾸어 드립니다.
*지은이와 협의하에 인지는 생략합니다.
*이 시집은 2023년 부산광역시, 부산문화재단 〈부산문화예술지원사업〉의 지원을 받아
  발간되었습니다.

# 미인

서화성

천년의 시작

시인의 말


돌아갈 곳을 잃어버렸다
종일 비가 내렸고
기다리는 사람은 오지 않았다


2023년 어느 여름날
서화성

# 차 례

시인의 말

## 제1부

제2부

제3부

제4부

해  설

제1부

# 봄밤

겨드랑이가 슬슬 가려워지면
봄이 온다는 나만의 신호다

유달리 밤눈이 어두운 아버지는
낡은 페달을 안간힘을 다해 저었으며

어둠이 어둠을 밀어내듯
맨발로 죽음을 밀어내고 있었다

바늘구멍에 들어갈 정도로 몸이 약했던 나는
봉제 공장에 다닌 적이 있었다

인형에 눈 박는 일을 한 나는 몰래
곰 인형을 들고나와 봄밤을 닮은
미인에게 생일 선물이라며 준 적이 있었다

배 속에 있는 창자를 꺼내어 씻어 내는 밤,
그런 날은 죽은 아버지가 오는 것처럼
봄밤이 왔다

무거운 책


비가 내려서 좋다고 했다
비가 내리는 날은 비가 와서 좋다고 했다

생략된 말을 찾다가 우두커니 먼 산을 보다가
무거운 책을 읽다가
무슨 이야기가 있었던 날이 아니었다

밤새 걸었던 통증이 사라졌고
벚꽃이 지는 줄 몰랐다

비밀과 후회가 어울리는 나이가 아니었다
복잡하고 무질서했던 한때
문장이 고민을 낳고

언제쯤이었을까,

길 떠나는 조카에게 글을 보낸다

답답할 날이 있을 거라고
봄날 같은 좋은 날이 있을 거라고

&gt;
지나서 허름한 술집에서 소주나 한잔하자고

그러는 동안 반가운 누군가가 올 거라고
까치가 지붕 위로 맴돌 거라고 했다

# 나무백일홍

넓은 골목길에서
배롱나무에 꽃이 피는 걸 보고 여름인 줄 알았다
산복도로를 내려갈 때 등이 휘어지는 것은

어느 책방에서 알려 주지 않았는데도
나는 본능적으로 감각이 발달했다는 걸 알았다

백일이 지나 지금쯤 걷고 있을 조카 서진이도
두 발로 우주를 지탱하는 법을 안다는 사실

백 일 동안 꽃이 핀다고 해서 나무백일홍,
효험이 있다는 백일기도를 맹신처럼 믿은 엄마는
한때 백 송이 장미를 들고 다녔던 여자였다는 것을

더위에 둔감해진 언어를 가졌다는 팔월
낮이 길어지고 나서 알았다

## 조금은 슬퍼지려는 순간

다섯 손가락이 닮은 나무 아래서
배를 깔고 누워 가을을 보낼 생각이다
그늘이 지면 어느 손가락이 아픈지 볼 생각이다

오 학년 때 전학을 간 학교에서
키보다 작은 담벼락을 두고 공을 잃어버린 적이 있었다

그때부터 나는 엄지손가락이 붓거나 배탈이 심했고
잘라진 도마뱀 꼬리처럼
참을 수 없는 슬픔이 있었다

아침에 나간 엄마는 돌아오지 않았다
컹컹거리던 개는 배가 고픈지 자꾸 발바닥을 핥았고

담 넘어 공을 찾으러 갔던 둘째 형은 돌아오지 않았다
바람이 불던 날,
담벼락을 사이에 두고 엄마가 있었고

울타리가 있던 뒤뜰에서 부끄럼이 많은 둘째 형은
다섯 손가락이 닮은 나무처럼 자라고 있었다

# 혼잣말이 늘었다

삼십 년째 내 집처럼 다니던 대한제지회사에
사표를 내고 온 날,

화풀이하듯 문을 꽝 차고 들어온 그날부터
혼자 말하는 버릇이 생겼다

고민이 있으면 혼자 말하지 말라고 했지만
비슷한 또래의 남자가 앓는 일이라며

체했다며 바늘로 손가락마다 쿡쿡 찌르고
봄볕에 말린 시래기를 끓이던 날,

빈속에 마셨는지 연신 배를 쥐어박으며
알아듣지 못하는 고함을 천둥이 치듯 질렀다

적당히 술에 취한 맛을 알았던 나는
연신 배를 잡고 데굴데굴 구르고

그 아비에 그 아들이라며
괜히 죄 없는 마당에 아까운 물만 뿌렸다

>

갈수록 아버지는 혼잣말이 늘었고

끙끙 앓는 소리가 데굴데굴 굴렀다

# 지워진다

지워진다
언제나 그랬듯이 억수같이 장대비가 내리는 날
낙엽을 기다리는 어느 도시 청소부가 하나둘 사라질 때

지워진다
관객이 없는 무대에서 잘나가던 어느 피아니스트도
무대가 첫날처럼 설렌다던 어느 노배우도

지워진다
너덜너덜해진 혼인 서약서와 부대끼며 살았던 지난밤도
이별의 상처가 홍역처럼 온몸으로 번질 때
낙엽이 눈물처럼 뚝뚝 떨어질 때

지워진다
눈을 뜨고 다시 잠이 오지 않을 때
다시 심장이 두근거릴 때

지워진다
5층 중환자실에 있는 여든일곱마저도
하루하루 버티는 가쁜 숨소리마저도

>
지워진다
지워진다

## 새로운 사실

조금은 쓸쓸하지 않았으면 했던 남자는
멀리 이사를 가고 나서 오랫동안 새로운 일을 하지 않았다

새로운 언어가 필요했고
새로운 모순이 필요했고

새로움에 익숙하지 않은 남자는 알레르기가 있다는 단점 말
고는
산책하는 것을 좋아하지 않았다

종종 오후 시간에 혼자서 밥을 먹거나 확률적인 게임을 하거나

자기 감정에 충실하겠다는 반성문을 쓰고
세계적인 철학자는 개똥밭에 굴러도 이 세상이 좋다고 했다

베란다에 소주병이 블록처럼 쌓여 있었고
남자는 십 년이 지나 위대한 철학자가 되어 있을 거라고 했다

상상은 자유의 산물이라는 논리에 벗어난 봄,
남자는 새로운 일과 새로운 오후에 손톱을 깎고 있었다

# 통영

통영을 다녀오고부터
여자는 문을 걸어 잠그고 울기 시작했다
삼켜 버린 알약처럼 해가 지고
늘어진 어깨에서 무슨 일이냐고 물어도
여자는 더욱 큰 소리로 울었다
그럴 때면 파도가 요동을 치기 시작했고
여자는 큰방을 가로질러 해안도로를 만들었다
발가락이 닮은 친정이 있는 것도 아닌데
더군다나 홀로된 노모를 두고 온 것도 아닌데
정을 떼지 못하는지 자꾸만 문이 들썩거렸다
다음 날 저녁이 되자 울음이 김밥처럼 말려 있었다
나이 오십이 넘어 두 번인가 갔다는 통영,
문을 열고 여자는 어젯밤에 아버지가 돌아왔다며
뱃머리 따라 섬을 만들고 있었다
토실한 꿀빵처럼 여자는 퉁퉁 부어 있었고
어둠이 있는 창가에 바닷물이 흥건해 있었다

둥둥

밤새 비가 내렸다 뉴스는 대설주의보라며 비가 내렸다 여
자는 눈다운 눈을 본 적이 없다 했고 자명종은 다섯 시에 맞
춰져 있었다 고요한 밤 거룩한 밤을 웅얼거리다 빗소리는
오늘까지 들을 거라고 했다 여자가 둥둥 떠다녔고 눈사람이
둥둥 떠다녔다 빗소리가 둥둥 떠다녔다 커튼에 가려진 어둠
이 둥둥 떠다녔다 밤새 제설차가 지나가고 어느 교회 탑 종
소리가 둥둥 떠다녔다

## 오늘은

    오늘은 기다리기에 적당한 장소에서 만나자고 했다 오늘은 무슨 말을 할까 했지만 떠도는 소문처럼 오늘은 궁금하지 않았다 적당한 장소에 있을 거라 했고 적당한 시간에 적당한 남자와 적당한 여자가 있을 거라고 했다 얼굴이 궁금하지 않았고 목소리가 궁금하지 않은 오늘이었다 만나는 장소가 오늘은 적당하다 했고 적당한 오늘이라고 했다 오늘은 어딘가에 있었고 오늘을 기다린 오늘은 있었고 아주 오래전에 알았던 오늘은 있었다 오늘은 아니라던 여자가 눈물 나도록 그리워했던 오늘이었다

## 슬픔의 두께

어제 먹은 밥이 굳어 있었다

굳어 버린 슬픔
얼어 버린 부두

여전히 보일러는 고장인 채 있었고
김치 맛에 익숙해진 식탁에서

작년 십이월 중순,
얇은 이불과 설익은 기다림에서

별 볼 일 없는 슬픔에 눈물이 난다

규칙적이지만 일정하지 않은 새벽 세 시에
화장실에 간다

슬픔조차 희미해지는 아침
계란과 참기름 몇 방울 떨어뜨린 밥을
힘겹게 먹는다

&gt;
여전히 달력은 사막

어제 걸었던 길에 발자국을 만들며 간다

슬픔만큼 파인 자국
익숙해지려는 하루를 지나
저만치서 슬픔이 울고 있었다

## 그녀가 다녀간 집

그녀가 한동안 머물다 간 집이었어

집으로 가는 길은 약간의 경사가 필요했고 정류장에서 그리 멀지 않은 곳에 있었어

걸어서 가기에 적당한 거리에 있었지

바닷바람이 부는 날은 어두운 터널에서 빠져나오듯 잊을 때가 많았어

베란다에서 보이는 바다는 늘 한결같았어

작년 여름에 떠난 어선이 돌아오지 않는 날은 그녀가 깊은 잠에서 빠져나오지 못한 날이기도 했어

주말 연속극이 몇 번이나 반복됐지만

매번 울리는 자명종 소리

재잘거리는 새소리

확성기 소리

거실에는 경제신문이 먼지처럼 바닥에 있었고 두 달 전에 밀린 고지서가 수북이 쌓여 있었어

몇 시간째 끓고 있는 찌개는 맛이 떨어지고 있었지

그날은 샤워기를 틀어 놓고 밤새도록 울었어

그래도 고통은 말끔히 씻기지는 않았어

무슨 압류 딱지마냥 쉽게 떨어질 줄 모르는 거야

그녀에게 몇 번의 투쟁이 있었고 몇 번째 수술한 의사가

다녀 갔어

　청진기를 가슴에 대고 길게 숨을 들이마시라고 무뚝뚝한 말투를 기억하기에는 적당한 목소리였어

　의례적인 물음을 끝으로 의사는 알 수 없는 인사를 하고 떠났어

　숫자가 얼마 남지 않았지

　차츰 말에 힘이 없어지기 시작한 날,

　그녀는 침대에서 일어나지 못했어

　어제처럼 눈을 감고 말이 없었어

　무슨 생각을 하는지 궁금했지만 그녀는 잠만 잤어

　낮이나 밤이나 죽은 사람처럼 말이야

정

바람이 부는 집으로 온 지 두 해가 지났다

언제나 여섯 시에 마당으로 나왔고
아침 공기에 익숙하지 않은 듯
신문을 보다가 하늘을 보는 날이 많았다

밤새 자란 잡초가 나물인 줄 몰랐다

바람이 분다고 읍내에 문종이를 사러 간 일
  그날은 사람들이 거리에 몰려다니고 밤늦게 들어온 적
이 있었다

  정지*에 장작이 많아지면 남편이 죽었다는 말
  된장 도가지**가 더 있으면 아내가 죽었다는 말

  남은 사람보다 먼저 떠난 사람이 슬프다는 걸 몰랐다
  어쩌다 별을 세거나 몇 밤을 지새우기도 했다

  온종일 하늘을 보던 날,
  어느 날은 밭에서 오지 않은 적이 있었고

바람이 부는 집에서 그게 지독한 겨울인지 몰랐다

* 정지: 부엌의 방언.
** 도가지: 독의 방언.

## 바다 위에 저녁

바다를 보고 왔어

바다 위를 걷다가 버스를 기다리다가

사람이 드문 마을에서 저녁을 보았어

차츰 안개가 자욱하고

등대는 멀어져 있었지

천국으로 가는 성당에 불이 켜지고

우리은행은 문을 닫기로 했어

어둠이 일찍 와 버린 마을,

왕자유치원에서 왕관을 쓴 아이들이 사라졌어

현대아파트와 상록회관을 마주 보고

\>

노란 바람개비가 돌고 있었지

바다는 보이지 않았고

여자는 바다를 건너고 있었어

낮에 만난 버스는 어둠을 뒤에 두고 사라졌지

# 평상에서


가던 발걸음을 내려놓고 평상에 앉는다
무지개아파트 b동 상가 앞,


두 평 남짓한 평상이 내 집처럼 편안해질 때
보물찾기하듯 한번은 들렀다 가는 곳


놀이터에 있던 남자는 집에 가기 전에
말 못 할 사연을 달래기도 했다


웅장한 운명교향곡을 끌고 오는 h씨


오랜만에 만난 h씨는 소문이 없을 거라 했고
숨어 있던 말이 허공을 맴돌 거라 했고
끊었던 담배를 다시 피울까 고민이라고 했다


오늘 낮에 한바탕 전쟁을 치른 곳


돌돌 말린 기억이 말랑해지고
고추 씨앗이 햇볕에 바싹해지면 말할 거라고 했다

&gt;

복사꽃이 만발하던 저녁,

남자는 h씨와 사는 여자의

내성적인 인연과 고민을 들어 주기도 했다


밥맛을 잃었다던 c동에 사는 j씨는

구름 같은 말풍선을 꼬리에 꼬리를 물고 다녔다


남은 고민을 평상에 두고 h씨는 집으로 돌아갔다

# 아무 일이 없었던 것처럼

언제나처럼 아침이 지나서 잠을 잤다
한때는 균형적인 식사를 했고
여자는 잠들은 날에 아무 일이 없었던 것처럼 들어왔다

남자는 코를 골 때가 있었고
여자는 남자와 등을 돌리며 꿈을 꾸거나 잠들기도 했다

남자는 여자를 못 보는 날이 많았고
그날은 코를 골면서 기다렸고 여자는 아무 일이 없었다

밥의 기능을 상실한 밥솥은 열리지 않았고
갓 잡은 조기가 등뼈를 말리고 있었다

여자는 여러 번 죽을 고비를 넘기고 나서 돌아왔고
여자가 그립던 남자는 등을 보고 울었다
봉숭아 꽃물을 들인 여자는 새벽이 올 때까지 울었다

제2부

# 독백

어쩌면 운명이라고 믿었을 때
점성술처럼 아픈 사람의 몸을 읽는다

아픈 사람이 아픈 사람을 알아본다며
술집에서 만난 여자와 이야기를 했고

그런 남자와 오랫동안 술잔을 주고받았고
마지막 술이라며 마지막 담배를 피우자고 했다

여자는 문을 닫을 시간이 지났다며
불을 끄고 나갔다

담뱃불이 깜빡거리고 남자는 여자를 찾아
나갔다

아팠던 몸이 말을 하기 시작했다

# 미인

미인을 만나러 간 적이 있었다
곤약처럼 물렁물렁한 얼굴은 아니었지만

된장이 삼삼하게 풀린 멀건 국물처럼
미인은 심심한 농담을 곧잘 하기도 했다

날씨가 쌀쌀해지면 벙어리장갑이나 스웨터
쯤은 뜨개질할 줄 안다고 했다

자기는 미인이 아니라며
어느 삼거리 술집에 걸려 있을
그런 미인이 진짜 미인이라고 우겼다

한번 보고 자꾸만 보고 싶은 사람은
모두 미인이라고 나는 우겼다

돌아오는 시골 버스에서 미인은
뚝뚝 눈물을 흘렸다

그냥이라며 아무것도 아니라며 미인은

뚝뚝 눈물을 흘렸다

미인은 눈물쟁이라며 나는 놀렸고
미인은 그런 나를 보고 놀렸다

찬밥을 으깨서 쓱쓱 비벼 먹은 탓인지
버스 타는 내내 배가 아팠다

# 미인과 그림

같이 살자던 미인을 두고 떠났네
미인은 알 수 없는 말처럼 알 수 없는 그림을 그렸네

알 수 없는 그림 속에 알 수 없는 미인이 있었네
산책을 하거나 길을 잃어버리거나
그날은 잠에서 깬 것처럼 정신을 잃은 날이었네

미인은 웃는 날이 있었고 우는 날이 많았다고 했네
비가 내리는 저녁이었고 비를 기다리는 아침이었고

미인은 소원이라며 거울 앞에 죽은 적이 있었네
사모하는 일이었고 모든 것이 구름이었네
얼굴을 그리듯 내일은 오늘이 어울리는 계절이었네

아무 일 없다는 듯
식빵의 딱딱한 껍질에서 단맛을 찾으려고 질근질근 씹
는 오후,
햇볕이 잘 드는 의자에 앉아 미인을 그리고 있었네

## 고해苦海

오랫동안 만났던 미인은
신발장에 낡은 구두처럼 이별이 길었고

어느 날은 불어난 강둑에 혼자 있은 적이 있었다
비가 내린 다음 날은 철새들이 사라졌다

어느 날은 미인과 백반집에서 생선구이를 먹었고
식으면 맛이 없다며 수줍어하는 그런 미인이었다

어느 날은 비가 자주 내렸고
간혹 굴뚝에서 철새 몇 마리가 날아다녔고

이별은 모래 위에 고해苦海를 길게 적었다
파도는 하나씩 하나씩 말을 지워 버리고

낮에 먹었던 생선이 강을 거슬러 올라왔다
강물 위로 철새들이 날고 있었다

수요일


뜻밖에, 오늘 영화는 어땠어
한 달이 지나고 다른 대화가 시작될 거야


가끔은 오래된 사랑이 있었고 독백은 사라졌어
수요일은 행복했지. 아니지, 행복했어


마른기침이 계속되면 물을 마시지 말고
남자가 말하는 법을 들으라고 했어


자주 가던 영화관에서 미인을 만났고
그날은 눈이 내렸고 밥은 먹지 않았어


부케를 받은 미인은 세 번째 남자가 궁금하다고
지루한 일상은 싫다며 출출해지면 말할 거라고 했어


체중 조절에 실패한 남자는 단조로운 저녁은 싫다고
예전처럼 잠을 자거나 방황하지 않았어


눈이 그치고 영화가 끝났어
감독의 심사평은 어울리지 않는 밥이었어

## 했고, 했다

　헤어지는 계절이 언제가 좋을지 물었다 미인은 겨울이 좋다 했고 남자는 여름이 좋을 거라고 했다 미인은 눈을 좋아한다 했고 남자는 바다를 좋아한다고 했다 남자는 좋아하는 계절은 겨울이 아니라 했고 미인은 여름이 좋은 생각은 아니라고 했다 미인은 겨울에 떠날 거라 했고 남자는 바다에 가겠다고 했다 헤어진다고 헤어지는 것이 아니라 했고 바람이 분다고 바람이 아니라고 했다 미인은 다음 일요일에 이야기하자 했고 남자는 월요일이 좋을 거라고 했다 미인은 그럴 수 없다 했고 남자는 이럴 수 있다고 했다 미인은 헤어진 남남처럼 지내자 했고 남자는 그럴 수 없다고 했다 미인은 겨울에 이야기하자 했고 남자는 다음 여름에 이야기하자고 했다

# 희망적이거나


이렇다 할 약속이 없는 해 질 무렵,


장사가 끝물이라며 두부 한 모에 한 모를 더 받고
배가 부르면 아는 사람이 없다고
국산이라 생각하라며 검은 봉지에 넣는다


말랑한 놈 말고 단단한 놈으로
돼지고기 앞다리를 사고
세 개 천 원하는 오뎅을 사고


주머니에 남은 오천 원짜리 한 장
무엇을 살까 하다가
혈압에 좋다는 마늘이나 살까 하다가


희망적인 로또 한 장을 지하상가에서 샀다
일시적인 행복과 좌절을 주는


갑자기 무지개가 눈을 따갑게 했다


마늘을 실은 트럭이 떨이라며

30촉 알전구들이 희미하게 빛을 뿌린다

한 소쿠리에 이천 원
세 소쿠리에 오천 원
소쿠리를 들고 가는 사람들은 벼락을 맞은 듯 싱글벙글
이다

양철 지붕 위로 후줄근하게 어제부터 비가 떨어졌다

# 국수

뭔가 허전하고 답답할 때 남자는 국수라서 국수가 싫은 이유는 아니었다 국수와 국수라는 말이 싫어서가 아닐 거라고 했다 한참이 지나 그럴 수 있겠다 싶었지만 그런 이유가 아니었다 입맛이 없거나 배가 부르지 않거나 그럴 때 국수를 먹는다는 미인을 만났다 미인은 국수 중에서 국수를 먹는다 했고 국수를 매일 먹는다 해도 질리지 않을 거라고 했다 미인은 국수 같은 남자를 만나지 않을 거라 했고 그런 남자는 국수를 싫어하는 이유가 아니라고 했다 쓸쓸하거나 그럴 때 국수를 먹는다고 했다 미인은 국수를 먹다가 남자와 헤어진 적이 있다고 했다 국수 같은 시절이 있었다고 미인은 그래서 국수를 먹는다고 했다 남자는 매일 먹는 국수가 중독은 아니라고 했다

# 우리 집 마당에 해바라기를 걸어 놓았다

우리 집 마당에 키 작은 해바라기가 자라고 있었다
한 뼘이나 자랐을까, 말수가 적은 미인은
해바라기가 자라는 액자를 가지는 게 소원이라고 했다
손바닥만큼 자란 얼굴을 감당하기에 적당했으며
남자는 그냥 고개를 끄덕였다
처서가 아직 멀었는데 창문만큼 자라 버린 해바라기,
이보다 살아 있는 액자를 본 적이 없었다
미인은 해바라기가 더 자라면 창문을 다시 만들자고 했다
남자는 미인이 소원이라면 그러자 했고
하룻밤이 지나 창문 너머로 자라고 있었다
미인은 두 번째 소원이라고
창문이 두 배로 커졌을 때 미인은 떠나겠다고 했다
어디에 가는지 물어보거나 궁금하지 않았다
남자는 그냥 고개를 끄덕였고
보름이 지나고 미인은 창문을 바라보다 집을 나갔다
잠깐 동안 내리는 소낙비인 줄 알았는데
 해바라기가 처마 밑에서 자랐으며 미인은 돌아오지 않
았다

# 무덤 속의 여자


무덤 속에 한 여자가 살았어요

그 여자의 엄마는
열다섯 살에 집을 나갔고
열세 살에 부엌에 들어왔어요

그 여자의 아버지는
열일곱 살에 죽었고
열다섯 살에 그 사실을 알았어요

그 여자가 키우던 골든 리트리버는
다섯 살에 꼬리를 흔들었고
세 살에 동네 고양이를 잡았어요

그 여자가 사귀던 남자는
스무 살에 빵집이 가까운 강가에서 만났고
열여덟 살에 헤어졌어요

입술이 파르르 떨던 그 여자는
무덤 속에서 기어 나왔어요

>

칠월 말고 오월에 말이에요

# 밤의 침묵

밤은 분명히 무슨 까닭이 있을 것이다

피아노를 치던 미인은 단식이 취미라며
약속은 부질없는 짓이라며 도돌이표처럼 중얼거린다

밤이 무서워 강아지를 키우자던 미인은
새로 발견한 농담처럼 강아지 대신 낡은 시집을 들고 왔다

적적한 밤에 읽기가 좋을 거라 했지만
드문드문 발소리가 요란하던 밤,

죽은 자의 목소리는 침묵과 같다고
밤의 침묵에 대해 아름다운 관계를 만들자고 했다

누군가는 말했다
밤은 어딘가에서 완전한 언어가 되어 돌아올 거라고

강아지를 키우자던 미인은 시를 읽기로 한 날부터
목소리가 커지고 발소리에 맞게 피아노를 치고 있었다

## 때문에




미인은 웃는 법을 몰랐고 마음이 아프다고 했다 아프다
는 말은 세상을 살아가는 이유라며 아플수록 미인은 지독하
게 아플 거라고 했다 십 년이 넘은 작은 차를 샀다고 어디를
가든지 약속을 하자며 남자가 전화를 했다 성격이 소심한
미인은 좋은 생각이라며 입이 마르도록 칭찬을 했고 이제는
짝사랑 따위는 영화에서나 나오는 법이라며 아프지 말라고
했다 계속해서 생각이 나면 운동장을 열 바퀴 돌고 그래도
생각이 나면 아프도록 소리치라고 했다 그때부터 죽어 있던
입과 눈이 웃기로 했다

# 숲

상표를 떼지 않은 옷처럼 여자는
숲에서 자라고 있었다

한번씩 바람이 지나가면 여자는
여자를 훔친 것은 눈물이라며

그날 밤처럼 서럽게 우는 건 처음이었고
햇살이 쨍쨍한 날,

여자는 어제 꿈에서 울고 싶었다고
뿌리째 박힌 어둠이 지워지지 않았다

그런 여자는 가을 땡볕에 죽어 있었고
내일 죽은 사람이 자라고 있었다

여자가 살던 집에서 아무런 소식이 들리지 않았다
이름만 가진 여자가 나뭇잎처럼 물들어 있었고

숲에는 둥그런 그림자가 지고 있었다

# 평등은 아름답지 않았다

겨울이 오기까지 버틴 것이 이것만은 아니었고
소나무나 잣나무가 시든다는 것을 알았다

신문지를 두세 겹 바르고 한숨을 돌릴 수 있었다

아무 일 없다는 듯
얼음장처럼 꽁꽁 언 미인의 발은 아랫목으로 누웠다

남쪽이라서 햇볕이 따가운 게 아니다
직선보다 곡선이 어울리는 오늘,

평등은 아름답지 않았다
누구는 가난을 가나라고 읽는다
누구는 사랑을 사라라고 읽는다
누구는 고통을 고토라고 읽는다

겨울이 지나고 발이 따뜻해질 때
가난과 사랑과 고통이 평등하다는 것을 몰랐다

# 생각나는 말

땅에 묻겠다는 말

멀리 있지 않았다
여수에 다녀온 미인은 실패는 무서울 게 없다는
여백과도 같은 거라고 했다

어디선가 미인이 주문을 외우고 있었다

증발되어 버린 말

이별 뒤에 안녕이라는 말이 생각났고
몸살이 심하던 날은 옆구리가 가렵고 쓸쓸했다
생각을 오므렸다 펴면 생각나는 말이 사라졌다

미인이 가져간 말

욕심을 버리고 마루에 앉아 느개를 기다렸다
실패가 거품처럼 문득문득 생각났지만

솔직히 골목에서 빠져나오는 구름 같은 것

>

옆구리가 가려운 날이 지나고 나서

비가 내렸고 미인은 생각나는 말을 하고 있었다

## 밤손님

올해는 첫눈이 내리지 않습니다

내 모르는 사이에 눈이 내렸는지 모르겠지만

올해는 첫눈이 내리지 않습니다

당신이 오지 않아서가 아닙니다

겨울이면 당연할 거라는 말은 아닌 것 같습니다

눈을 기다리던 당신은 펄펄 날아다닙니다

밤새 내린 이슬이 첫눈처럼 담장에 맺힙니다

다소곳이 발자국 흔적이 없는 동짓날,

밤이 너무 길어 몇 번이나 방문을 열어 봅니다

밤손님이 왔다 갔는지

\>

첫사랑이 왔다 갔는지

이슬을 먹은 당신은 첫눈처럼 지붕에 내립니다

제3부

# 봄, 뜨거운

추위는 유달리 빨리 찾아왔다
흔적이 없었고 죽은 새가 바닥에 엎드려 있었다

천장에 매달아 놓은 명태 한 마리가 매캐한 냄새를
유서처럼 남기고 말라 있었다

「빈집」을 읽다가 「다락방」을 읽을 때는
자꾸만 어릴 적 살았던 그곳에 가고 싶었다

여자와 봄에 찍었던 사진들,
그때부터 나는 잃어버린 미각이 돌아왔고

여자는 청각이 발달해 있었고
같은 두 얼굴은 다른 곳으로 향해 있었다

이별이 사족蛇足처럼 다가올 때
좀처럼 그해 삼월이었던 뜨거운 봄은 오지 않았다

# 숨 고르기

우리는 잠시 숨을 고르자고 했다
없었던 것에 연민을 두지 말자 했고
잊고 지내는 것에 마음을 둘 필요가 없다고 했다

우리는 방이 하나 딸린 집에 살았고
겨울이면 손이 얼고 입술이 부르틀 때가 있었다
한동안 폐소공포증을 앓은 적이 있었다

삼십 분마다 오던 마을버스는 언제부터 오지 않았다
빗길에 사람들이 떠내려갔다는 소문을 들었고
우리는 시내에 나가는 것을 미루자고 했다

마시지 않던 술을 취미 삼아 마셨고
보지도 않던 뉴스를 취미 삼아 보았다

몇 번의 장례가 있었고
몇 번의 탄생이 있었다

비가 내리면 괜히 눈물이 났고
반복된 실수를 안 하겠다던 버스 기사는 탄원서를 주고

갔다

우리는 다시 숨 고르기를 하자고 했다

# 모라동 공원

오늘은 모라동 공원에 갑니다

걸음이 다른 걸음을 앞서거니 뒤서거니 합니다
산들바람처럼 편안하게 말입니다

모라동에 어울리는 남자,

벤치에 앉았다가 단풍잎 몇 장을 주머니에 넣습니다
가을이 부스럭거리며 손바닥에서 장난을 칩니다

연립주택을 지나 거울연못을 지나

모라동 남자는 주머니에 가을을 넣고 갑니다
모라동 공원은 단풍이 많아서 좋습니다

기우杞憂

내가 아는 여자는
오지 않은 일을 걱정하는 것은 어리석은 일이라고 했다

나이가 들수록 웃음이 없어진다는 사실을
도시에 갔다 와서 알았다고 했다
하루에도 정신 줄 놓고 사는 사람이 많았다고 했다

며칠 전에 허물어 버린 육 층 건물에서
박소아과가 사라지고
행복저축은행이 사라지고
김성철 회계사무실이 사라지고

사라지는 도시에 사람이 살 집을 짓는다며
반짝부동산과 대박부동산이 분주했다

여자는 화창한 날에 비가 내릴 거라고
오지 않는 일을 걱정하지 않을 거라 했지만

떼 지어 개미가 지나가고
줄 지어 사람이 지나가고

눈이 부신 날에 여자는 우산을 쓰고 지나간다

네모

네모난 여자를 떼어 하늘에 걸었네

네모난 세상
네모난 하늘

안방에서 하늘까지 거리는 얼마나 될까
세상을 옮겨 놓은 네모,

계수나무가 자라고 있었네
갈대밭 불놀이를 하고 있었네
깃발을 높이 든 만선滿船이 오고 있었네

여자는 모름지기 결단심이 있어야 한다고
뱉은 말은 주워 담을 수 없다는 진술서에서

얼마 전에 찾아갔던 집은 다른 집이었네

다른 여자가 네모 안에 있었네
하늘은 온통 네모였네

# 덕자 이모

이름이 있어도 이름이 없는 시절이 있었네

등대가 있는 어딘가에 살았다던 덕자 이모는
한 번은 이혼 경험이 있을 뻔했던 스물다섯
새파란 청춘을 이야기하지 않았네

여자의 반은 남자라며
물 반 고기가 반이었던 동네를 떠나오던 날,
한 치 앞을 모르는 게 남자라며

참숯처럼 속까지 시커멓게 타 버린 청춘을
식어 버린 국밥에 데워서 말아 먹었네

낡은 조명처럼 빛바랜 간판, 덕자 이모네
반백 년 동안 덕자 이모로 살아온 덕자

이름이 있어도 이름이 없는 덕자로 살았네

# 노포오일장

오 일 동안 비가 내렸다
비를 피해 달아날 곳이 없었다
신호등 앞에 있는 사람들이 어디론가 달리고 있었다
노포오일장,
질퍽하게 늘어진 표정들
난전에서 장사하는 할머니 둘은
끼니를 감당 못 해
칠백 원짜리 컵라면을 빗물에 말아 먹고 있었다
비닐 구멍 사이로 떨어지는 짭짤한 빗물
여름이 왔다는 입하立夏가 한 달이 지났지만
할머니는 두꺼운 목도리를 한 채 연신
식어 가는 컵라면을 먹고 있었다
빗물에 말린 수양버들처럼
취나물, 더덕, 고사리
다 팔아야 겨우 돈 만 원 될까 싶지만
마수를 못 했는지 얼굴에 주름이 가득했다
분명, 자리 탓에 어젯밤은 뜬눈으로 보냈을 텐데
추위를 이기지 못한
할머니는 손주 다루듯 컵라면을 애지중지
아껴 먹고 있었다

돈 몇 푼이 무엇이길래

저리도 컵라면에 목숨을 걸까, 싶다가도

거세지는 빗물에

이쪽으로 저쪽으로 궁둥이를 옮긴다

온통 시커먼 하늘과

나이라고는 찾아볼 수 없는 주름살

세월의 풍파에 찌든 얼굴에서

오늘의 비는 좀체 그칠 줄 몰랐다

# 한 계절이 지나고

마침내 한 계절이 지나고
말할 수 없는 남자와 오지 않을 시간에 약속을 했다

여자는 태어나서 당신이 되고 싶지 않다고
차라리 아나키스트나 수동적인 요리사가 되겠다고 했다

봄이 여름이 되어 가는 계절
어둠의 깊이를 알 수 없는 밤

한동안 달여진 약을 시간에 맞춰 먹었고
고질적인 무릎은 나을 생각이 없었다
꿈꾸던 계절에 남자는 이불 밖으로 나오지 않았다

한여름에 다닥다닥 붙어서 낮잠을 잔 적이 있었고
남자는 쉰내가 나는 겨드랑이를 숨겼던 날이 있었다

걷지 못하는 눈사람처럼
한 계절이 지나고
쏟아지는 악수를 피해 달아났던 날이 있었다

>
남자는 봄을 앞세워 따라다녔고
생각과 멀쩡했던 두 다리와 목마름을 알았던 시절,
죽음을 애도하던 워낭 소리를 들은 날이 있었다

한 계절이 지나고
남자는 어느 공원에 있었고
여자는 어느 항구에 있었다

## 노래가 쓸쓸해지는 시간


불이 꺼진 방

무슨 일이 생겼나 싶어 일기장을 뒤적거렸지만
희소식이 무소식처럼 그때의 한 문장이 없었다

서랍 속에서 차가운 말을 끄집어낸다
퍼즐처럼 꼬여 버린 말을 조립한다

밤
섞이지 않은 피
노래

누군가는 나무가 되고 싶다 했고
누군가는 의자가 되고 싶다 했고
누군가는 바람이 되고 싶다고 했다

세상에 공짜는 없다는 비상식적인 논리에서
보이지 않는 것이 훌륭하다는 논리에서

무슨 말을 생각했을 것이다

밤늦도록 불빛을 찾아 헤매던 그때,

고독한 방에서
아름다운 노래처럼 일기를 써 내려갈 것이다

벚꽃눈

화창한 날에 꽃눈이 내린다
사월 초이튿날,
한 시절 아름다운 꽃이 지고 나면
그뿐인 것을

한바탕 비라도 내리는 날에
청춘이 지고
내 삶이 지고

미칠 정도로 날이 좋았다가
눈이 따가울 정도로 날이 좋았다가
이렇게 좋은 날, 눈물 나도록 내 사랑하는 님이 먼 길을
떠났다

한 사람을 떠나보내고 오는 날,
하늘에서 벚꽃눈이 펑펑 내렸다
꽃눈이 펑펑 울고 있었다

# 뜻밖의 이야기

이런 이야기가 뜻밖이라고 전화가 왔다 당신은 안부를 물었고 당신은 무슨 기억을 하는지 물었다 당신은 따뜻한 사람일 거라 했고 당신은 당신을 잊은 적이 있다고 했다 잊고 사는 게 무서운 병이라 했고 이보다 더한 큰 병은 없을 거라고 했다 아무도 없이 아침밥을 먹었고 종일 불이 꺼진 방에 있었다고 했다 창밖에는 수다스러운 여자가 있었고 무슨 이야기를 하는지 입이 없었고 크게 웃었다고 했다 당신은 웃었던 날이 기억에 없다고 했다 당신은 웃을 수 있다 했고 통화는 계속되었다고 했다 말을 하다 보면 편안해질 거라 했고 뜻밖에 무슨 이야기가 들린다고 했다 모차르트를 듣다가 고흐를 생각한다 했고 불면증을 고민하다 잠들었다고 했다 안부를 물어볼 수 있다 했고 무슨 기억을 말할 수 있다고 했다 열두 시가 지나고 이야기를 계속하고 있다고 했다

## 앵무새처럼

뭐라고 불러야 하나요 뭐라고 불러야 할지 모르겠네요 이름을 부르기는 그렇고 그렇다고, 그냥 당신을 당신이라고 할게요 그런 당신은 처음 보았겠지만 그건 거짓말이에요 지하 주차장에서 아니면 과일 가게에서 당신은 있었어요 당신은 기억할지 모르겠어요 한참 저녁을 준비하고 있을 때 당신이 전화했던 걸 기억하세요 주차된 차 앞에서 전화했던 거 말이에요 가게 주인이랑 실랑이한 그날 기억하세요 무관심하게 다른 남자랑 통화했을 거예요 지금 와서 이야긴데요 그 일은 우연이 아니었다고 말할게요 오래전 당신이 좋아하는 생각과 습관을 알고 있었으니까요 하나에 집착하면 버리지 못하는 버릇이 있거든요 당신을 처음 봤을 때 목련이 떠오른다거나 붉은 연꽃이 생각나지 않았어요 주인을 잘 만나야 한다는 말, 당신 몰래 앵무새를 키운 적이 있었어요 아침에 화풀이하듯 굿모닝, 굿모닝 소리를 지르기도 했고 깔깔거리며 웃기도 했어요 설마, 앵무새가 웃는다고요 몇 달 동안 큰 소리로 웃는 연습을 했거든요 기회를 잡으려고 우연을 가장했으니까요 앵무새처럼. 사실, 당신이 그 속임수에 넘어왔다는 거고요 어느 날인가 당신은 드라이버를 좋아한다 했고 앵무새처럼 노래 부르는 것을 좋아한다고 했어요 노래 부르며 강변도로를 신나게 달렸어요 그때 노래가 무슨 노래였나요 아마도 이 노래가 맞을 거예요 그렇게 고삐 풀린 망아지처럼 달리고 달렸어요 나중에 안 사실이지만 당신과 마지막 만남이었을 거라 누가 상상이라도 했겠어요 참, 그 속임수가 뭐냐 하면은요 앵무새를 키워 보세요 앵무새처럼 말이에요

# 오래된 고백

누구에게 없던 이유라도 있나 싶기도 했지만
오래된 고백을 기다리던 남자는
검은 가방을 메고 졸음만큼 창문을 열었다
언제부터 잠을 잘 수가 없었고
고백은 복잡하거나 어울리지 않는 취미라고 했다

무슨 이유가 있어서가 아니었다
먼지가 쌓인 책꽂이에 시처럼
오래된 고백을 구석진 곳에 두고
무료 급식소에서 허기를 담는다
미역국과 김치와 식은 밥
오래전에 발가락은 누렇게 익어 있었다
눈물을 짜내도 마르지 않는 이유가
남자는 작고 가벼운 슬픔이라는 걸 알았다

바람에 떠다니던 고백,
남자는 꿈을 몰랐고 여름을 몰랐다
이름이 지워진 누런 작업복을 털어 보지만
딱딱해진 가난은 쉽게 떨어지지 않는다
다시는 돌아가지 않겠다고

오래된 고백에서 담보가 된 알약을 먹었다

사거리 약국과 편의점을 지나 시계방을 지나
꽁초와 곰팡이와 안경
오래된 고백이 나비처럼 날아다닌다
그날 밤은 얼굴을 벽에다 두고 돌아눕는다

# 조울증


걱정이 밀려올수록 하늘은 맑고 반짝입니다

하늘에서 별빛이 우르르 쏟아집니다

반가운 손님은 아주 긴 이야기입니다

혼자 먹는 밥이 맛있을 때가 있습니다

거울 속에 당신은 외로움을 모릅니다

만날 사람은 만날 거라는 맹세

아주 우울한 이별

유쾌한 영화는 행복하지 않을 때가 있습니다

오늘은 내일 만날 사람과 이별합니다

즐거운 글을 읽으면 마음이 슬퍼집니다

&gt;

웃으면 복이 오는지 모르겠습니다

제비가 물어다 주는 복을 기다립니다

조울증이라고 들었습니다

# 도시인

다른 날은 빨리 불편하고 낯설어진다
죽도록 시를 쓰다가 꾸역꾸역 사람들이 모였다가

남자는 도시를 떠나고
여자는 커피를 마시고
우리는 갈 곳을 기다린다

신문의 글자가 갈수록 작아지고
보청기를 한 말은 귀에 들어오지 않는다

창문을 열고 쓰다 만 원고지가 머리에서 떨어진다
익숙하지 않은 거리,
도시를 떠난 남자는 아무런 소식이 없었다

마시던 커피를 다시 마시고
여자는 책을 다시 읽는다

다른 날에 오겠다는 약속은
어떤 의미와 여운을 남기지 않는다

\>
목소리
차가운 도시
약속

도시로 돌아오는 날, 거미처럼
여자는 수족관에서 새끼를 품고 있다

## 성당에 다닌다는 말에

계절의 봄은 지났지만 그해 봄은 따뜻하지 않았다 저녁 밥상을 물리고 바다 건너 조카에게 전화를 했다 잘 있겠지, 생각했지만 조카는 뜬금없이 성당에 다닌다고 했다 몇 년 간의 사랑을 접고 마음이 울적했나 보다 그보다 더한 사랑을 잃은 조카는 마음을 잡지 못해서일까 그 말을 듣는 내내 눈물이 나왔다 성당에 다닌다는 말에 슬픔이 있을 거라고 는 생각해 본 적이 없었다 사람이 그리워서라는 말처럼 그 말에 눈물이 나왔다 간간이 들려오는 목소리는 울고 있었고 태종대 바다가 출렁이고 있었다 한동안은 계속 출렁일 거 라고 그러다가 수국이 지고 바다가 잠잠해지고 다시 꽃물이 들 때 한번 만나서 점심 먹자고 서른을 넘긴 봄은 언제 따뜻 해질까 아직은 기다리는 봄이 오지 않아서일까 나는 조카와 걸었던 길을 걸어간다 여전히 바람이 불고 겨울이다 외로움 이 아픔을 감당해 낼 수 있을까 지워지지 않는 봄을 애써 지 우고 있을까 까맣게 타 버린 밤을 잘 견뎌 내고 있을까 별 하 나가 사라지는 밤, 성당에 다닌다는 말에 나는 밤새 울었다

제4부

질투

우리 아파트 옆 동에 사는 박 씨 할머니가요
새벽이면 같은 시간에 같은 박 씨 할머니와
다른 이야기를 하고 같은 속도로 돌고 도는데요

나이가 들면 먹는 거도 귀찮다고
삼시 세끼 입맛도 없다고
한 살이라도 젊었을 때 먹고 싶은 거 먹으라고 하네요

박 씨 할머니가요, 같은 박 씨 할머니가요
서울 간 첫째가 높은 빌딩에서 검 뭐라고 하네요
서울 간 막내가 높은 빌딩에서 의 뭐라고 하네요

박 씨 할머니가요, 우리 박 씨 할머니가요
우리 아들은 이놈의 새끼는
애꿎은 땅바닥에 화풀이하듯 신발을 뚝뚝 차네요

동이 틀까 무섭다며 빨리 돌고 들어가자고 하네요
비라도 내릴까 봐 빨리 돌고 들어가자고 하네요

# 그림자들

색소폰을 샀다는 당신은

매일 밤 판도라의 상자를 열듯이 색소폰을 불었다

바다에 가지 않겠다고 각서를 쓰고 나서

갈매기 소리가 들리지 않았고

유령들이 춤을 추기 시작했다

작은 방에는 유언이라는 책이 없었고

주방에는 그릇이 쌓여 있었다

장례식장으로 들어가는 검은 그림자들

국화를 들고 울고 있는 아이들

바다에 간 당신은 돌아오지 않았다

&gt;

희망과 원망이 후렴구처럼 돌아왔다

그렇게 당신은 깊고 푸른 밤이었다

# 말의 흔적

강물이었고 소녀이었고
때로는 못다 한 사랑이었고

부르고 싶은 말이 담쟁이 덩굴처럼 뭉쳐 있었다
말이 부풀어 오른 밤
젖은 빨래처럼 말을 하늘에 걸어 놓고
말을 기다렸다
변한 것은 뜻밖에 눈이 내린다는 사실이다

그때의 흔적을 찾을 수 없었다
그때는 길눈이 밝은 당신이 있었고
여전히 출렁이거나 고요한 말이 있었고
당신은 계속해서 공손하게 기다릴 것이다

달을 보면서 뜬눈으로 밤을 보낼 것이다
언제나 불그무레한 새벽이 있었고
사랑을 꿈꾸던 소녀처럼
봄날 같은 사랑이 올 것이다

어김없이 온다고 해도 버선발로 나갈 것이다

하루가 일 년처럼 사랑이 그곳에 있었고
끝나지 않은 말의 노래를 들을 수 있을 것이다

여전히 눈이 내릴 것이고
강물처럼 말이 오고 있을 것이다
사라진 말의 흔적을 찾을 것이다
당신은 못다 한 사랑을 기다릴 것이다

# 섬

섬입니다

빵을 원 없이 먹는 빵집 사장이 되거나
자장면을 물리도록 먹는 중국집 사장이 되거나

가족의 내력을 다른 쪽으로 쓰는 편이 좋을 듯합니다
반복된 버릇을 가진 것처럼 쉽지는 않겠지만
그럴 때면 병가를 내서라도 외롭지 않게 쓸까 합니다
거북이처럼 이박 삼일 정도 걷기로 했습니다

고독
저녁
무덤

사람을 사랑으로 적었다 해서 고칠 생각이 없습니다
오히려 오해나 뜻하지 않는 비문일지라도
잘 다듬어서 문장을 만들어 볼까 합니다

고질병인 천식이 나을 생각이 없나 봅니다
약을 달고 산다고 약봉지가 줄줄이 쌓였지만

선생에게 이야기를 들은 후로
십 년째 피우던 담배를 끊을 생각이 없습니다

넥타이를 푸는 저녁입니다
시장에서 사 온 고등어로 찌개를 끓입니다
쌀을 씻고 밥을 안칩니다
전화하는 버릇을 빼고는 외롭지 않습니다

섬처럼 말입니다

# 간격

행복이 물었다

행복이 오래가면 불행은 몇 그램일까
불행이 오래가면 행복은 몇 그램일까

불행이 물었다

행복은 습자지처럼 얇은 것
가까이에서 보이지 않는 것

침묵 그리고

공간

불행하다고 말했다

행복하다고 말했다

기쁘다고 말했다

>

슬프다고 말했다

주머니가 없는 수의壽衣가 물었다

눈 뜨고 눈 감는 사이라고 말했다

## 미련

밀봉된 편지처럼 트럭이 지나간다

남자는 기다린 날이 오래전 일이라며
가끔은 할 일 없는 듯한 걸음으로
시간을 보내거나 후회는 없을 거라고 했다

바람맞은 여자는 은유적으로 말했고
남자 따위는 믿을 수 없는 여자의 눈물이라고 했다

남자는 어느 주막에 있었고

여자는 오른쪽 눈이 갈수록 아프다 했고
남자에 눈이 멀지 않을 거라고 했다
남자는 읽었던 편지를 읽고 있었다

트럭은 박약국을 지나 최안과를 지나간다

여자는 어느 주막에 있었고

남자는 여자를 보고 있었고

여자는 남자를 보고 있었고

바퀴가 없는 트럭이 어느 주막을 지나간다

## 누이의 뼈

어제와 다르게 뼈가 살을 비집고 나온다

단단해진 뼈
뼈가 남은 뼈

하고 싶은 말이 들녘에 볏짚처럼 여기저기 흩어져 있다
이따금 맑은 하늘이 창백해진 얼굴을 가린다

마른 꽃잎이 떨어진 손등은 바늘의 무덤인 듯 볼록해 있다
복닥복닥하던 고향 집 앞 바닷물이 혈관을 타고 올라가면
뼈가 잠시 꿈틀거린다

한 사람이 빠져나간 것처럼 물기가 말라 있다
뼈만 남아 버린 누이

오후 햇살이 남은 뼈를 야금야금 발라 먹는다
굳은살의 뼈
슬픔을 말하는 뼈

그것을 지켜보는 내내 뼈가 뼈에게 말을 한다

\>

뼈로 만들어진 말
오늘은 말을 아껴서 뼈에게 말을 한다
뼈가 이야기하고 뼈로 듣는다

상형문자처럼 해독하기가 힘들지만
장문을 토막 내어 뼈가 뼈에게 말을 한다

저세상 구경하기에는 너무 이른 뼈
뼈가 뼈에게 슬프다고 말을 한다

# 어떤 하루

　입춘이 지나 외투는 가벼웠고 밤은 짧아지지 않았다 잠이
많은 여자는 며칠 동안 머리를 감지 않았고 오늘이 토요일
인지 물었고 월요일은 아닐 거라 했고 며칠인지 물었다 무
슨 생각을 하다가 오늘을 먹었고 어떤 하루를 먹었고 며칠
을 먹었다 언젠가는 그날로 돌아가고 싶다 했고 그때 만났
던 여자는 기린처럼 자랐을까, 며칠이 궁금했다 어떤 하루
는 여자를 생각했던 적이 있었고 구겨진 신발을 펴듯 죽었
던 은행나무를 다시 키우고 싶다고 했다

# 이유

언젠가 그 말에 이유를 묻지 않았다 단지 이유가 없어서
가 아니었다 한번은 이유를 물을 생각이었고 한번은 그럴
생각이 없었고 그럴 이유는 없었다 이유는 이유를 물었고
이유는 단순하거나 복잡하지 않을 거라 했고 무슨 이유를
모른다고 했다 한번은 이유가 생각이 나서 물어볼 이유가
아니었다고 했다 이유를 모른다는 이유가 아니었고 이유는
없었다 한동안 이유를 생각했고 한동안 이유는 없었다 종교
적이거나 생산적이지 않은 이유였고 그런 이유를 물었고 이
유를 생각한 적이 없었다고 했다 한번은 이유를 묻지 않았
고 한번은 이유를 물었다 한번은 이유를 모른다고 했고 이
유는 이유를 말하지 않았다

# 추억은 달다

추억이 시작될 무렵
당신은 어디서부터 당신을 알았을까

오래된 책상에서 궁금하거나 향기가 있거나
열두 살에 알았던 싱싱한 추억에서 때로는 단내가 난다

퉁퉁 부은 발등처럼 불쑥 튀어나온 향기
추억
그리고 아이

바다에서 멀어진 수평선과 노을
시간이 지나 목소리가 자라고 추억은 아물어 있다

당신은 그때의 얼굴과 목소리를 꼭꼭 숨겨 두고
당신을 따라갔던 아이는 자라서 어른이 되어 있을 것이고
그때는 몰랐던 사실이다

그때가 지나 추억을 쫓아 바다에 있을 것이다

언젠가는 기억을 쪼개 가며 살겠다던 굳은 약속은

어른이 되고 추억은 달거나 쓰다는 것들

당신은 어디서부터 사랑을 알고 이별을 슬퍼했을까,

가끔 바다에 간다는 당신은
담 너머 핀 능소화처럼 아파했을 추억을 기다리고 있다

# 소설 쓰기

주고받은 말을 주워 담아
어젯밤, 프리지어 꽃말에 숨겨 둔다

상처가 재발한 어느 장편소설에서
짧은 장면과 어두운 감정이 지워진다 해도
위기까지는 죽었던 w가 g가 되거나 살아서 z가 된다 해도

이번 소설에서 대사 몇 마디가 없어지고
절정이 바뀌거나 내부적인 갈등이 없지 않겠지만

없어진 말이 은는이가라면
없어진 말이 을를에도라면

소설이 아닌 소설이 될 것이고
인물이 아닌 인물이 될 것이고
사건이 아닌 사건이 될 것이고

나는 지나가는 행인 a가 될 것이다
나타났다가 스쳐가는 행인 u가 될 것이다

&gt;

새로운 모험과 결말,

소설적인 죽음처럼 잠자고 있을 것이다

# 필리버스터


끝이 없는 질문이었네

위태롭게 줄을 타는 무용수는 끝을 모르고

휘청거리기 시작했네

질문은 연속적으로 이어졌고

대답은 공중에서 휘청거렸네

다음 질문은 공중 어디에서 이어졌고

다음 사람은 휘청거렸네

시간은 지구의 남극을 돌아

쉴 새 없이 북극으로 달려가네

보는 사람은 심장을 발끝에 내려놓고

\>

무용수는 비 오듯 땀을 흘리는 오월,

물구나무를 서거나

아슬아슬하게

얼굴이 붉으락푸르락

다음 사람이 외줄을 타고 가네

끝이 없는 질문이 휘청거렸네

# 집착


언제부터인지 몰랐다

거짓말하면 말을 삼키는 버릇이 있었다

누구는 아는 사실이었고 모르는 일이었다

비가 올 거라는 약속을 쉽게 믿을 수 없었고

몇 번이나 말하다가

포기하거나 아카시아 이파리 떼기에 열중하기도 했다

음식을 먹을 때는 왼손과

다른 여자를 염탐하거나 말이 지루하지 않았다

어제는 거짓말이 더듬이처럼 뚝뚝 끊어지고

삼킨 말을 야금야금 베어 먹었다

남자는 불행 따위를 남에게 돌리지 말자 했고

한때 여자는

누구를 믿거나 소망하거나 사랑하지 않았다

인생의 종말이라도 된 것처럼

신은 죽었다는 거짓말을 믿지 않았고

물이 새듯이 이름을 줄줄 외우기도 했다

말을 천천히 하자고 약속한

그날부터 거짓말이 생겼는지 몰랐다

한때 왼손잡이였고

거짓말은 끈질기게 늘어났고

남자는 집 근처 둑방 길을 걸었다
한때 여자와 걸었던 길,
입버릇처럼 거짓말이 자라 있었다

## 그해 겨울

봄이 멀지 않은 어느 날이었다
그해 겨울은 유독 차가웠고 달빛이 여물어 있었다


뼈마디가 시릴 정도로 보고 싶은 여자가 사는
동네는 구름다리를 건너고 섬을 두 개나 넘어야 했다


가는 순간에 옹이가 박히듯 무언가가 하나씩
빠져나왔다


겨울과
소녀


그날은 공부를 마치고 동네가 웅성거렸고
아홉 살인 나는 실눈을 뜨고 열심히 눈을 비볐다


몇 달 전에 집을 나갔던 한 남자가
물살에 떠돌다가 고향으로 온 것이다


얼굴은 물살에 씻겨 나갔고
다리 하나는 빠져 있었다

>
사십 년이 훌쩍 지난 겨울
바다를 지날 때면 악몽처럼 생각이 난다

그때 겁에 질렸던 소녀는 잘 잊고 있을까,

그해 겨울처럼 나는 눈을 비비고 있었다

# 중력의 힘

내가 알던 여자는 여리거나
유리알처럼 속이 투명하였고

다른 날보다 목이 따갑고 다리가 부어 있었다
선짓국이 유명하다는 골목은 사람이 없었다

오늘은 행복할 거라고 합니다
오늘은 행복했을 거라고 합니다

25시 식당에서 야간 근무를 마친 여자는
선지처럼 벌건 피곤이 덕지덕지 묻어 있었다
한동안 축농증에 시달린 기침을 바닥에 뱉어 내고

새로 산 신발에서 하루의 노동만큼 밑창이 닳았고
한 달째 끓고 있다는 선지에서 뚝뚝 핏물이 떨어진다

내가 알고 있던 여자는
지구 반대편에서 오늘은 행복했을 거라고 했다

# 사이의 언어, 언어의 사이

방승호(문학평론가)


## 1. 옮겨 놓기

　떠나간 것은 잘 돌아오지 않는다. 그것이 얼마나 긴 시간을 나와 함께 있었는지와는 무관하게. 매정한 말이지만 사실이 그렇다. 헤어짐에 있어서 함께한 시간은 큰 의미가 있지 않다. 헤어짐은 우리의 과거가 얼마나 아름다웠는지를 판단하는 게 아니라, 각각의 미래가 얼마나 달라질지를 고민하고 결정하는 일이니까. 그래서 헤어짐으로 파생되는 시간은 과거를 거스르는 역학과는 거리가 멀다. 이것은 과거와 현재를 단절하고 다른 겹의 시간으로 향하는 일과 더 가까운 것이다.

　그런데 헤어짐이란 늘 공식대로 되지는 않는다. 어떠한 헤어짐은 미래를 위해 갈라서는 것이 아니라 하나의 남겨짐으로 나타나기도 한다. 둘 사이의 거리가 함께 멀어지는 것이 아닌, 하나의 남겨짐과 하나의 떠나감으로 정의되는 헤어짐. 이러한 헤어짐의 방식은 대개 슬픔이라는 감정을 동반하며, (스피노자 식으로 말하자면) 남겨진 자의 심리적 역량에 변화를 일으키고는 한다. 이번 시집에서 직면하는 헤어짐의 방식은 이런 것이다. 시인은 남겨진 자의 목소리로, 과거에 있었던 일들을 다시 회억한다. 마치 모든 것이 예전 그대로인 것처럼. 시간이 굳어 버린 것처럼.

어제 먹은 밥이 굳어 있었다

굳어 버린 슬픔
얼어 버린 부두

여전히 보일러는 고장인 채 있었고
김치 맛에 익숙해진 식탁에서

작년 십이월 중순,
얇은 이불과 설익은 기다림에서

별 볼 일 없는 슬픔에 눈물이 난다
                              —「슬픔의 두께」 부분

남겨진 사람의 곁에는 남겨진 것이 죽은 채로 살아 있다. 어제 먹은 '굳은 밥', 여전히 '고장인 보일러', 너머로 보이는 '얼어붙은 부두'까지 모든 것이 화자와 함께 남은 것들이다. 시인이 언어화하는 세계는 이렇듯 남겨진 흔적들의 이미지로 가득하다. 남아 있으므로 자신의 존재를 입증하는 살아 있음의 흔적. 그렇게 굳어 가는 슬픔의 두께를 시인은 포착하여 언어로 기록한다. 마치 남겨진 것은 아직도 살아 있다고, 여전히 고장인 채로 여기 있다고 말하고 있는 것처럼, 시인은 남겨진 것들의 장면들을 기억하고 그 모습들을 시 속에 적어 놓는다. 옮겨 놓는다.

"사람이 드문 마을에서 저녁을 보았어// 차츰 안개가 자욱하고// 등대는 멀어져 있었지// 천국으로 가는 성당에 불이 켜지고// 우리은행은 문을 닫기로 했어"(「바다 위에 저녁」). 옮겨 놓는다는 표현이 적절해 보인다. 시인은 과거에 있었던 장면을 기억하고, 그때 존재했던 현상을 그대로 시 속에 가져다 놓는다. 이렇게 할 수 있는 이유는 시간과 공간을 감지하는 시인의 섬세함에서 비롯되는 것이지만, 한편으로는 그 장면을 정확하게 기억해야 하는 어떠한 이유가 있는 것처럼 느껴진다. 시인이 과거에 있었던 것을 정확하게 기억하려는 이유. 아름다운 멜로디가 아니지만 슬픔의 리듬을 거듭하는 이유는 무엇일까.


## 2. 미인이란 이름

「아무 일이 없었던 것처럼」이라는 시 제목과 같이, 모든 것이 "있었"던 그대로를 남겨 두려는 이유. (유난히도 이번 시집에 "있었"이라는 표현이 자주 나타난다는 점을 주목하도록 하자.) 그것은 동일성의 원리가 작동하는 서정시의 본령 때문은 아닐 것이다. 시인의 목소리는 현실의 고달픔을 드러내는 것이 아니라, 오히려 자신의 자리에서 "누군가가 올 거라고"(「무거운 책」) 생각하며 기다리기 위함으로 느껴지기 때문이다. 앞서 언급했듯이 시인의 작업이란 과거에 있었던 것을 그대로 옮겨 놓는 것과 가깝다. 마치 퍼즐의 조각을 하나씩 맞추는 것처럼 필요한 조각들을 있었던 자리에 두는 일. 그렇다면 시인의 그림을 채울 마지막 조각은 무엇일까. 이를 위해 먼저 「그녀가 다녀간 집」에 대한 이야기를 꺼내 보자.

> 매번 울리는 자명종 소리
> 재잘거리는 새소리
> 확성기 소리
> …(중략)…
> 그녀에게 몇 번의 투쟁이 있었고 몇 번째 수술한 의사가 다녀 갔어
> 청진기를 가슴에 대고 길게 숨을 들이마시라고 무뚝뚝한 말투를 기억하기에는 적당한 목소리였어
> 의례적인 물음을 끝으로 의사는 알 수 없는 인사를 하고 떠났어
> 숫자가 얼마 남지 않았지

차츰 말에 힘이 없어지기 시작한 날,
그녀는 침대에서 일어나지 못했어
어제처럼 눈을 감고 말이 없었어
무슨 생각을 하는지 궁금했지만 그녀는 잠만 잤어
낮이나 밤이나 죽은 사람처럼 말이야
　　　　　　　　　　—「그녀가 다녀간 집」 부분


　시인이 잊지 못하는 것은 매번 울리는 자명종 소리, 새 소리, 확성기 소리와 함께 환기되는 하나의 장면이다. 이 러한 배치 속에 "그녀"가 침대에 누워 있다. "그녀에게 몇 번의 투쟁이 있었"다는 언급은 그녀의 삶이 순탄치 않았음 을 알게 하고, "몇 번째 수술한 의사가 다녀 갔"다는 말은 삶이 힘들었던 이유가 건강 때문이었음을 짐작하게 한다. 여기서 중요한 것은 장면을 채우는 여러 이미지와 함께 그 녀가 존재했다는 것이며, 그러한 그녀가 "침대에서 일어나 지 못했"다는 사실에 있다. 그렇다. 시인의 시간에 다녀갔 던 사람, 늘 "어제처럼" 시인의 시간에 방문하는 존재. 시 인의 장면 속 마지막 이미지는 여기에 있다. 그러나 이것만 으로는 부족하다. 미인을 정의하기 위해서는 더 분명한 것 이 필요하다.
　서화성이 시인의 말에서 "기다리는 사람은 오지 않았다" 라고 말하는 이유 중 하나는, 아마도 시인이 겪은 헤어짐 의 방식이 타자의 죽음으로 인한 남겨짐이기 때문으로 보인 다. 그런데 시인은 계속해서 떠나간 대상을 종이 위로 끌어

들인다. 시인은 「미인」에서 미인을 만나러 갔던 정경과 분위기를 스케치하고, 그녀가 심심한 농담을 곧잘 했다는 사실까지 세세하게 설명하는가 하면, 그녀가 흘렸던 눈물까지 이미지화하며 함께 있었던 장면을 아로새긴다. 그는 마치 "아무 일 없다는 듯"이 "햇볕이 잘 드는 의자에 앉아 미인을 그리고 있"(「미인과 그림」)는 셈이다. 그렇게 지금은 존재하지 않지만, 존재하지 않기에 계속 존재해야 하는 그 미인을, 그 존재 방식을, 시인은 점점 더 선명하게 언어화하는 데 주력한다.

> 헤어지는 계절이 언제가 좋을지 물었다 미인은 겨울이 좋다 했고 남자는 여름이 좋을 거라고 했다 미인은 눈을 좋아한다 했고 남자는 바다를 좋아한다고 했다 남자는 좋아하는 계절은 겨울이 아니라 했고 미인은 여름이 좋은 생각은 아니라고 했다 미인은 겨울에 떠날 거라 했고 남자는 바다에 가겠다고 했다 헤어진다고 헤어지는 것이 아니라 했고 바람이 분다고 바람이 아니라고 했다 …(중략)… 미인은 헤어진 남남처럼 지내자 했고 남자는 그럴 수 없다고 했다 미인은 겨울에 이야기하자 했고 남자는 다음 여름에 이야기하자고 했다
>
> —「했고, 했다」 부분

중요한 것은 생각이 아니라 형식이다. 어떠한 존재를 증명하려면 생각을 말하기보다 구체적인 형식이 필요하다. 단지 '누군가 있었다'라는 말이 중요한 것이 아니라, 누군가

존재했던 그 방식이 더 중요해지는 것이다. 마치 위 시가 미인과 남자가 말을 주고받는 방식, 계절과 계절이 상반되는 이미지, 생각과 생각이 대조되는 구조를 통해 미인이 존재함을 증명하는 것처럼 말이다. 미인이 존재할 수 있는 것은 시인의 상상 때문이 아니다. 오히려 미인은 지난날 자신에게서 나왔던 말과 언어 형식을 통해 지금과 단절되지 않고, 그 존재를 증명할 수 있다. 그렇다면 미인은 누구인가. 그녀는 특정한 실체로 수렴할 수 없는, 오직 시인의 언어를 통해 연결되는 존재 형식이다.

'했고'와 '했다'라는 표현으로 주고받는 미인과 남자의 대화처럼, 우리는 항상 다른 존재이지만 그 차이 속에서 연결되어 있다는 역설. 설령 그 다름이 죽음과 살아 있음의 형식으로 드러난다고 해도, 우리는 말을 통해 상징계의 질서를 초월하고 연결될 수 있다는 것. 이것이 시인이 말하는 시적 언어의 역설이면서 삶의 진실을 비추는 본질적 가치일 것이다. 이번 시집에서 마침표가 생략된 시를 자주 마주치게 되는 것도 바로 이러한 이유 때문이다. 시는 마침표로 규정되는 질서의 흔적을 지우고, 헤어진 두 존재가 만났던 사실을 은폐된 시간으로 소진하지 않게 할 수 있으니까. 그렇게 서로가 다음 계절을 기약하며 한정된 시간을 이어 나가려던 마음을 다시 살펴보게 하니까.

말하게 하는 것. 이것이 미인을 계속해서 살아 있게 하는 방식이다. 그런데 미인을 살게 하는 방식은 결국 시인을 숨 쉬게 하는 방식이 된다. 시인은 미인이 있었으므로 말을 할 수 있었고, 미인이 존재하기에 여전히 시를 쓸 수 있으므로. "아팠던 몸이 말을 하기 시작"(「독백」)하고, "죽어 있던 입과 눈이 웃기"(「때문에」) 시작하는 것은 모두 미인이 존재하기에 가능한 일이다. 미인은 "이름이 있어도 이름이 없는"(「덕자 이모」) 사람이지만, 이름이 없으므로 언제, 어디서나 존재할 수 있다. "한번 보고 자꾸만 보고 싶은 사람은/ 모두 미인이라"(「미인」)는 시인의 말은 거짓이 아니다.


## 3. 이어지는 것

한때 서화성 시인은 섬세한 감수성이 드러나는 서정 시인이라는 평을 받아 왔다. 하지만 그렇다고 해서 그의 시를 단순히 낭만적 성향으로 단정하는 것은 조급한 판단으로 보인다. 분명한 사실은 그의 시가 주체의 감정 전달을 목적으로 하는 서정시 개념과는 조금 다른 성향을 보인다는 것과, 그가 보여 주는 삶의 본질 또한 단순히 텍스트 의미 차원에 한정되어 나타나지 않는다는 점이다. 그의 시가 언어적 관례에서 초월하는 지점은 과거로 거슬러 가는 의식적인 의미 맥락에 있지 않다. 서화성의 언어가 행하는 외출은 의미 이전에 존재하는 형식, 다시 말해 기표의 차이가 일어나는 행간에서 시작된다.

몇 번의 장례가 있었고

몇 번의 탄생이 있었다

누군가는 나무가 되고 싶다 했고
누군가는 의자가 되고 싶다 했고
누군가는 바람이 되고 싶다고 했다

—「노래가 쓸쓸해지는 시간」 부분


   시는 많지 않은 글자로도 의미의 증폭을 일으킬 수 있다
는 사실을, 시인은 알고 있다. 몇 번의 장례가 있었고, 몇
번의 탄생이 있었다는 말은 시인이 직면한 몇 번의 경험을
되새기는 의도가 아니다. 죽음이 있으면 탄생이 있고, 슬
픔이 있으면 기쁨이 올 것이라는 삶의 진부한 논리를 말하
는 것은 더더욱 아닐 것이다. 그동안 결을 달리하는 몇 번
의 울음이 있었을 것이다. 그러나 시인이 말하는 것은 위태
로운 기억을 딛고 이어지는 기표의 매개 형식 그 자체에 있
다. 감정의 질량을 무시하고 이어지는 형식과 만날 때, 언
어는 비로소 의미의 외피를 벗고 새로운 사실을 포착할 수
있다. '장례'와 '탄생'이 일으키는 대조적 연쇄, 또는 '나무'
와 '의자', '바람'으로 연계되는 이미지처럼, 이름과 이름이
만나게 되면 무엇인가 계속해서 이어질 것이라는 사실. 그
것이 서로 다른 모양을 가진 삶의 조각일지라도 행간에 놓
이면, "여전히 눈이 내릴 것이고/ 강물처럼 말이 오고 있을
것이"(「말의 흔적」)라는 시인의 믿음과 같이 우리도 계속 이어

질 수 있다는 사실 말이다.

물론 쉽지 않은 일일 것이다. 무엇인가 이어 간다는 일은. "불행하다고 말했다// 행복하다고 말했다// 기쁘다고 말했다// 슬프다고 말했다"(「간격」)라는 시구처럼, 기표의 사슬 양 끝에 있는 언어를 이어 놓은 것은 쉽게 할 수 있는 일이 아니다. 그러나 용기 내어 다시 종이에 적어 보는 일로, 우리는 불가능하게만 보였던 관계를 다시 이어 갈 수도 있다. 상징계의 질서에서는 어긋나 보일 수 있는 형식으로, 동일성의 권력을 해체하고 어떠한 의미로도 온전히 포섭할 수 없는 움직임을 일으킬 수 있다. 시인에게, 또한 우리에게 필요한 것은 화려한 미사여구가 아니다. 우리에게 필요한 것은 기표와 기표를 만나게 하고, 너와 내가 만날 수 있는 자리가 필요할 뿐이니까. 「섬」이 보이기 시작한다.

고독
저녁
무덤


사람을 사랑으로 적었다 해서 고칠 생각이 없습니다
오히려 오해나 뜻하지 않는 비문일지라도
잘 다듬어서 문장을 만들어 볼까 합니다


고질병인 천식이 나을 생각이 없나 봅니다
약을 달고 산다고 약봉지가 줄줄이 쌓였지만
선생에게 이야기를 들은 후로

십 년째 피우던 담배를 끊을 생각이 없습니다

넥타이를 푸는 저녁입니다
시장에서 사 온 고등어로 찌개를 끓입니다
쌀을 씻고 밥을 안칩니다
전화하는 버릇을 빼고는 외롭지 않습니다

섬처럼 말입니다
                              ―「섬」부분

  '고독'이라는 단어 혼자서는 많은 것을 말할 수 없다. '저녁'이라는 단어도, '무덤'이라는 말도 혼자서는 세계의 모든 차원을 짊어질 수 없다. 그런데 '고독'이 '저녁'과 만나고 이 둘이 다시 '무덤'과 만나면 우리는 조금 더 많은 시도를 해 볼 수 있다. 기표가 행간에 놓이고, 그 행간의 리듬으로 서로 매개될 때, 언어는 시의 또 다른 맥락과 반응하며 상투적인 세계에서 인식할 수 없는 새로운 가치를 담아낼 수 있다. 위 시에서 고독이 "외롭지 않습니다"라는 화자의 고백이 될 수 있고, 저녁은 "고등어로 찌개를 끓"이는 시간으로 전이될 수 있는 것도 이러한 이유 때문이다. 이렇게 화자의 언어를 따라가다 보면 조금씩 '무덤'이라는 기표는 희미해질 것이다. 무덤은 새로운 맥락과 만나 "쌀을 씻고 밥을 안"치는 시간의 차원으로 이어지며, 외로움의 의미를 떨쳐 내고 새로운 시작을 예감하는 '섬'을 가리켜 나아간다.

  그러므로 "사람을 사랑으로 적었다 해서 고"치려 하지 않아도 된다. '사람'이 '사랑'으로 적히는 것은 시인이 펼쳐 놓은 세계에서 어쩌면 자연스러운 일이다. 우리는 질서의 중력 안에 얽매인 개념이 필요한 것이 아니다. 우리에게 필요한 것은 질서에 균열을 내고 끊임없이 연쇄되어 나아가는 기표의 움직임이다. 이러한 움직임으로 언어는 불행에서 행복으로, 과거에서 미래로 차원의 벽을 허물며 계속 나아갈 것이다. 잊지 말자. 시인의 사랑은 말의 의미에 있지 않다. 시인의 마음은 그가 옮겨 놓은 말이 이어지는 그 행간에서 피어나고 있다. 그렇게 그의 사랑은 닫혀 있던 언어의 틈을 열고 "사라진 말의 흔적을 찾"(「말의 흔적」)아 기어코 미인의 방문을 두드릴 것이다. 그렇게 "밤새 제설차가 지나가고"(「둥둥」) 겨울이 오고, 다시 봄이 올 것이다. "봄이 멀지 않은 어느 날이었다"(「그해 겨울」).


## 4. 겨울은 봄

화창한 날에 꽃눈이 내린다
사월 초이튿날,
한 시절 아름다운 꽃이 지고 나면
그뿐인 것을

한바탕 비라도 내리는 날에
청춘이 지고

내 삶이 지고

미칠 정도로 날이 좋았다가
눈이 따가울 정도로 날이 좋았다가
이렇게 좋은 날, 눈물 나도록 내 사랑하는 님이 먼 길
을 떠났다

한 사람을 떠나보내고 오는 날,
하늘에서 벚꽃눈이 펑펑 내렸다
꽃눈이 펑펑 울고 있었다

　　　　　　　　　　　　　　　　　　—「벚꽃눈」 전문

　하나의 남겨짐으로 귀결되었던 헤어짐을 형상화한 시다.
주목되는 점은 유난히도 그날이 "미칠 정도로 날이 좋았다"
는 사실과 이별 후에 하늘에서 "벚꽃눈이 펑펑 내렸다"는
것이다. 여기에 이번 시집에 숨겨진 또 하나의 비밀이 있
다. 그것은 언어의 연결 안에 잠재한 긴장과 떨림을 일으
키는 미묘한 균열의 형식이다. 닫힘과 열림처럼 서로 대조
되는 이미지들로 발생하는 의미론적 방황. 이로 인해 언어
는 굳어진 관념으로 이어지지 않고, 즉자적 형식에서 벗어
나 새로운 층위로 나아가는 움직임을 획득한다. "걱정이 밀
려올수록 하늘은 맑고 반짝"(「조울증」)인다는 시인의 고백에
서 나타나듯이, 이질적 이미지가 형성하는 맥락에서 파생
되는 모순적 연결이, 세계를 품고 있던 새로운 진실을 드러
내기 때문이다.

따라서 "벚꽃눈이 펑펑 내렸다"라는 말은 사랑하는 사람과 헤어진 화자의 슬픔을 상징하는 것이면서, 봄과 겨울의 대조적인 이미지가 단절되지 않고 연결되어 있음을 드러내는 말이기도 하다. 시인의 언어에 잠재한 가능성은 바로 이런 것이다. 아이러니. 서화성의 시는 기표와 기표 사이에 떨림을 일으키며 시간의 층위를 지우고, 인간이 임의대로 나눈 세계의 질서를 해체한다. 봄과 겨울, 만남과 헤어짐, 기쁨과 슬픔을 구분하는 이분법적 세계관은 이곳에서 큰 의미가 없다. "봄이 여름이 되어 가는 계절"(「한 계절이 지나고」)이라는 표현처럼 그의 시에서 모든 경계는 "지워진다"(「지워진다」).

　"오늘은 내일 만날 사람과 이별합니다"(「조울증」). 이별은 헤어짐의 시간이기도 하지만 새로운 만남으로 이어지는 시작을 이르는 말이기도 하다. 그래, 이별이란 존재의 역량이 감소하는 시간을 이르는 말이면서 동시에 타자의 방문을 기대하는 시간을 뜻한다. 서화성의 시가 주시하는 부분은 바로 이 지점이다. 그의 언어는 주체와 타자 사이, 현실과 과거 사이를 움직이며 끊임없이 연결되면서 다시 해체된다. 박탈된 것을 다시 회복하기 위한 움직임. 그리고 회복을 위한 주체적인 박탈(기억). 이러한 아이러니가 촉발하는 시적 긴장 속에서 우리는 서화성이 말하는 삶의 가치를 새삼 확인하게 될 것이다. 겨울이 끌고 오는 봄의 예감을, 타자의 방문을 기대하는 삶의 예감을.